LES MILLORS OBRES DE LA LITERATURA CATALANA

75

Director de la col·lecció:
Joaquim Molas
Redacció:
Carme Arnau

JOAN SALVAT-PAPASSEIT
BARTOMEU ROSSELLÓ-PÒRCEL
MÀRIUS TORRES

POESIA

L'IRRADIADOR DEL PORT I LES GAVINES

de J. Salvat-Papasseit

IMITACIÓ DEL FOC

de B. Rosselló-Pòrcel

TRENTA POEMES

de Màrius Torres

Edicions 62, Barcelona

Aquesta col·lecció és una iniciativa conjunta
d'Edicions 62 s/a., i de la Caixa de Pensions
per a la Vellesa i d'Estalvis
de Catalunya i Balears, "la Caixa".

Primera edició: febrer de 1982.
Cinquena edició: novembre de 1987.

Disseny d'Enric Mir.
Drets exclusius d'aquesta edició:
Edicions 62 s/a., Provença 278, 08008 Barcelona.
Imprès a Grafos s/a., Art sobre paper.
Passeig Carles I 157, 08013 Barcelona.
Dipòsit legal: B. 41.837-1987.
ISBN: 84-297-1824-9.

Els autors

Aquest volum aplega l'obra més representativa de tres poetes que, en el món de les lletres catalanes, són autèntics mites. En primer lloc, tots tres moriren joves, i moriren d'una malaltia plena de ressons literaries: la tuberculosi. En segon lloc, tots tres, en pocs anys de diferència, contribuïren a l'eixamplament dels horitzons lírics del país: Salvat-Papasseit, el més vell, participà en la gran ruptura de l'Avantguarda i, al capdavall, assolí de formular una poètica rigorosament personal; Màrius Torres elaborà una obra densa i dramàtica segons les propostes més ortodoxes del Simbolisme; i Rosselló-Pòrcel reuní, d'alguna manera, els dos grans camins —l'ordre i l'aventura—, o, en d'altres paraules, la poètica simbolista i l'avantguardista. Finalment, tots tres, malgrat la brevetat de les seves vides, realitzaren una obra original i profunda, una obra que, sens dubte, compta entre les més belles del seu temps.

* *

Joan Salvat-Papasseit va néixer el 16 de maig de 1894 al carrer d'Urgell, número 93, de Barcelona. El seu pare, fogoner en un vaixell, va morir en un tràgic accident, i Salvat hagué de passar la seva infantesa a l'Asilo Naval Español. Forçat per les dificultats econòmiques, treballà de ben jove per ajudar la seva mare, primerament —segons sembla— com a aprenent d'adroguer i, més tard, com a ajudant en un taller d'escultura religiosa. A disset anys conegué una colla d'amics, entre ells Emili Eroles i Joan Alavedra, gràcies als quals començà a freqüentar algunes penyes literàries. Aleshores descobrí alguns autors en voga com Nietzsche, Ibsen, Gorki, i se sentí atret per posicions extremes: el socialisme i, més endavant, un individualisme anarquitzant i agressiu. Col·laborà amb el pseudònim Gorkiano a les revistes "Los Miserables", "Sabadell Federal" i "Justicia Social", i aplegà molts dels seus articles en un volum que passà pràcticament desapercebut: *Humo de fábrica* (1918).

El 1917 entrà com a llibreter a les Galeries Laietanes i, al mateix temps, començà a publicar la revista "Un Enemic del Poble", de clara ressonància ibseniana. En aquesta publicació aparegueren, entre altres escrits, una sèrie d'aforismes que, amb el títol de *Mots-propis,* tradueixen amb vivesa els atzars de les seves inquietuds i contradiccions. L'any 1918 es casà amb Carme Eleuterio, després d'un llarg festeig, i anà a viure a Sitges, on sofrí la primera crisi important de la malaltia que l'havia de dur a la tomba. De retorn a Barcelona, s'instal·là a la Barceloneta, on féu amistat amb Tomàs Garcés, fundador de la revista "Mar Vella" (1919) i de les edicions del mateix nom, dins les quals Salvat publicà el seu primer recull de versos: *Poemes en ondes hertzianes* (1919). Es tracta d'un llibre subversiu tant des del punt de vista social com formal, i hi queda reflectida l'atracció que aleshores sentia per Marinetti i Apollinaire. Als escrits *Concepte del poeta* (1919) i *Contra els poetes amb minúscula. Primer manifest futurista català* (1920) defineix el que ell entén per un poeta, i el considera més en termes de la seva actitud moral que no pas en el seu domini tècnic: "I si voleu rimar —escriu—, podeu rimar, però sigueu Poetes amb majúscula: altius, valents, heroics i sobretot sincers." I això fou essencialment ell, que tingué un alt concepte del que com a poeta havia de fer i ser.

El segon recull poètic que Salvat publicà fou *L'irradiador del port i les gavines* (1921). El llibre comença amb un cant de lluita, on el poeta és comparat a "l'incendiari de mots adolescents". Segons Joaquim Molas, en aquest llibre Salvat "abandonava a poc a poc l'agressivitat programàtica i (...) iniciava, amb seguretat, la recerca d'una poètica personal". Així, al costat dels poemes més estrictament avantguardistes, trobem els que tracten de reproduir el seu món més pròxim i quotidià —dualitat que queda reflectida en el títol del llibre. Salvat utilitza sovint la cançó, i en alguns poemes hi ha la mitificació de la realitat suburbial, una realitat tenyida de sentimentalisme, de la qual el poeta, a causa de la seva malaltia, es va allunyant amb resignació i serenitat, potser perquè "res no és mesquí / ni cap hora és isarda / ni és fosca l'aventura de la nit".

En *Les conspiracions* (1922), escrit al sanatori de Fuenfría (Guadarrama), Salvat-Papasseit desenrotllà el seu nacionalisme militant, un nacionalisme que, de fet, recollia les dèries revolucionàries de la seva joventut. Seguiren *La gesta dels estels* (1922) i el que ha estat considerat com el seu millor llibre, *El poema de la rosa als llavis* (1923). Es tracta d'una de les mostres més reeixides de poesia eròtico-amorosa de la lírica catalana, amb una mescla de materials realistes i litúrgics que en fan un llibre fortament original. "No compta la poesia catalana, moderna —ha dit Joan Teixidor—, amb cap poema d'amor que deixi tan al descobert intimitats eròtiques i doni al mateix temps una impressió tan extraordinària de netedat."

Mentrestant, la malaltia s'havia agreujat. El 1922 el passà pràcticament fent cura de repòs en diversos indrets del Pirineu. I els primers dies d'agost de 1924 morí després d'una agonia dura d'home revoltat pel seu destí. Sota el seu coixí fou trobat el manuscrit d'un nou llibre de poemes: *Óssa menor*. El llibre aparegué pòstumament, l'any 1925, i amb ell es clou l'obra d'aquest autor, que aportà, a través d'una recerca que la mort tallà prematurament, una gran puresa i una forta originalitat a la poesia moderna catalana.

* *

Bartomeu Rosselló-Pòrcel va néixer el 13 d'agost de 1913, a l'antic carrer de Sant Llorenç a la Ciutat de Mallorca. Malgrat els seus orígens humils aconseguí, gràcies a les seves bones qualitats intel·lectuals, cursar una carrera universitària. Inicialment féu els estudis primaris al col·legi dels pares teatins, i l'any 1923 ingressà a l'Institut de Palma, on fou alumne de Gabriel Alomar. L'any 1930, poc abans d'acabar el batxillerat, sortí una antologia de poetes mallorquins, en versió castellana, a la col·lecció "Los poetas" de Madrid, amb un pròleg i unes traduccions que eren en bona part de Rosselló. Gràcies a una beca concedida per la Diputació de les Illes, es pogué traslladar a Barcelona, on inicià la carrera de Filosofia i Lletres. Ingressà a la Residència d'Estudiants, dirigida per Miquel Ferrà, amb qui tingué una bona amistat. L'any 1931 fou delegat de la Federació Nacional d'Estudiants de Catalunya al Congrés d'Estudiants Hispànics de Madrid. A la universitat féu dues amistats que foren decisives per a ell: la de Carles Riba, mestre seu, i la de Salvador Espriu, condeixeble que li retrà una càlida admiració, intensificada arran de la seva mort. L'any 1933 Rosselló participà en un creuer pel Mediterrani amb un grup d'universitaris i visità, entre d'altres països, Egipte, Palestina i Grècia. Aquest viatge impressionà vivament Rosselló, temperament romàntic i humanista, i ho testimonià en algun dels seus poemes com "Sonet marí" o "Turquia".

L'any 1933 aparegué el seu primer recull poètic, *Nou poemes,* i l'any següent sortí *Quadern de sonets.* El primer recull, que demostra la gran precocitat d'aquest autor, no fou pas rebut amb gaire entusiasme per la crítica coetània. En canvi, *Quadern de sonets* atragué ja l'atenció de la crítica, que li remarcà un neobarroquisme fortament personal. Per aquests anys traduí la *Història del soldat* de Ramuz i treballà en la de les *Verrines* de Ciceró. L'any 1935 es traslladà a Madrid per preparar el doctorat, que tindria com a tema la figura de Gracián, i l'any següent hi tornà per enllestir oposicions a una adjuntia de càtedra d'institut, ja que se sentia vivament interessat per l'ensenyament. Va escriure un assaig sobre Guillén, autor que l'influí, i un altre sobre Quevedo, però la seva obra crítica i de col·laboració literària no ha estat encara recollida.

En començar la guerra, tornà a Barcelona i col·laborà en les tasques culturals de la reraguarda fins que hagué d'incorporar-se a l'exèrcit, però sobtadament emmalaltí dels pulmons i, traslladat al sanatori del Brull, hi moriria al cap de pocs dies, el primer de gener de 1938. Poc després de la seva mort sortí el seu tercer i darrer recull poètic, que és de fet la culminació de la seva breu producció, *Imitació del foc.*

Imitació del foc —dedicat a Salvador Espriu, el seu gran amic— aparegué amb tres pròlegs deguts a Antoni M. Sbert, Gabriel Alomar i Carles Riba i és dividit en tres seccions: "Fira encesa", "Rosa secreta" i "Arbre de flames". Riba destacà la maduresa d'aquest recull, que porta, segons ell, un dels títols més bells de poesia, perquè va de fet a la seva essència i no és merament descriptiu com els dos anteriors. "El foc —deia Riba— no s'imita sinó cremant al seu torn: tota imitació que vingui d'una puixança autèntica crea, en essencial manera, el seu model; per dir-ho recordant la famosa frase mallarmeana, l'eternitza ajudant-lo a canviar-se en ell mateix." Rosselló dóna una de les versions més pures de la poètica simbolista i, més en concret, de la figura del poeta: "El captiu" n'és un bon exemple. I, per a realitzar-les, parteix de Riba i del grup castellà del 27: Guillén, García Lorca, Salinas. Però hi ha altres components que fan de la seva poesia una obra vigorosament incisiva i avançada: el surrealisme, en alguns poemes, i certs aspectes de l'escola mallorquina. Aquest conjunt, que denota una decidida curiositat i una voluntat de renovació i superació cultural, féu que l'obra de Rosselló-Pòrcel es convertís ben aviat en un símbol, que contribuïren a nodrir, entre d'altres, Salvador Espriu, el qual assenyalà que amb Rosselló "la llengua catalana arribà potser a uns últims extrems de nitidesa i de cristal·lina subtilitat", i Josep Palau i Fabré, que, amb apunts i esborranys seus, compongué una *Imitació de Rosselló-Pòrcel.*

* *

Màrius Torres i Pereña va néixer a Lleida el 30 d'agost de 1910 en el si d'una família benestant i cultivada. El seu pare, Humbert Torres, era metge i ocupà, a més, diversos càrrecs polítics: alcalde de Lleida, diputat del Parlament espanyol i vice-president del Parlament de Catalunya. El seu avi patern, metge també, fou l'introductor a Catalunya de les idees religioses i filosòfiques metapsíquiques, idees que compartiren els seus; l'avi matern era advocat i catedràtic de Literatura a Lleida. Màrius, el més gran de tres germans, se sentí molt identificat amb la seva família però molt especialment amb el seu pare. De l'any 1920 al 1926 estudià el batxillerat al

Liceu Escolar de Lleida, i, un cop acabat, dubtà entre dues carreres, la d'arquitectura i la de medicina, però finalment es decidí per la segona, que era tradicional a la família. Per tal de poder-la estudiar, es traslladà a Barcelona, on compartí una pensió del carrer d'Urgell amb d'altres companys; d'aquests anys data la seva amistat amb Jaume Elias, que hauria de durar tota la vida. L'any 1933 féu el viatge de final de carrera i visità entre d'altres ciutats Gènova, París i Florència, que l'impressionaren vivament i de les quals deixaria constància en els seus poemes. En acabar el viatge, tornà a Lleida i s'especialitzà en malalties de l'aparell digestiu. Per aquesta època va escriure la comèdia *Un fantasma com n'hi ha pocs,* que els seus cosins presentaren al concurs Ignasi Iglésias, entre 1933 i 1936, però que s'ha perdut. L'any 1935 emmalaltí d'una grip, que, si inicialment semblà de poca importància, posteriorment es complicà i hagué de prendre's unes vacances per poder-se refer. La malaltia, però, reprengué amb més intensitat, i pel mes de desembre d'aquest mateix any hagué de ser traslladat al sanatori antituberculós de Puigdolena, d'on ja no sortiria durant els set anys que li restaven de vida, si exceptuem les curtes escapades que féu a Barcelona, sempre per raons mèdiques. Al sanatori el visità sovint Joan Sales, amb qui inicià una llarga i fecunda amistat, centrada especialment en els aspectes intel·lectual i literari, i amb el qual intercanvià una llarga i fecunda correspondència, recollida a *Cartes a Màrius Torres* (1976). I allà mateix conegué l'any 1936 Mercè Figueres, que serà la Mahalta de nombroses cançons, i amb qui compartí passeigs i lectures, quan el curs de la malaltia els ho permeté.

El 9 de setembre de 1936, en plena guerra civil, inicià un diari adreçat al seu germà, que explica amb aquestes paraules: "M'he decidit a fer un diari per a tu. Hi anotaré els meus sentiments mentre durarà aquesta guerra. Així, quan tornaràs, si Déu vol que tornis, podràs tenir una idea de la meva campanya". En les seves planes hi queda reflectida la seva inquietud política i el seu gran amor per Catalunya. Després interrompé aquest diari per donar pas a un altre, de caràcter més íntim, on hi ha, també, anotacions de caire literari i musical, art per a la qual tenia una gran afecció. Durant la primera etapa de la guerra col·laborà a "L'Ideal" de Lleida amb el pseudònim de Gregori Sastre.

Durant els anys que passà al sanatori, i dins un horari i un règim de vida forçosament molt regular, Màrius es lliurà a l'estudi (medicina, grafologia, filosofia), la lectura (Molière, Verlaine, Baudelaire, els trobadors) i la pràctica del piano (Bach era el seu compositor predilecte, però, també, Chopin, Mozart). Féu traduccions del francès (Valéry, Du Bellay, Ronsard) i de l'anglès (Milton, Shelley), i va escriure un bon nombre de poemes que no publicà mai en vida. L'any 1940, a causa de l'agreujament de la seva malaltia, hagué de romandre pràcticament inactiu al llit. El mes de juliol de 1942, traslladat al Mas Blanc, a pocs quilòmetres del sanatori, començà a estudiar harmonia per tal de poder musicar alguns poemes, però el 29 de desembre va morir a Puigdolena i va ser enterrat l'endemà al cementiri de Sant Quirze Safaja.

Les seves *Poesies* van sortir a Mèxic, Coyoacan, l'any 1947, a cura del seu amic Joan Sales. Inicialment, el volum constava de noranta-sis poemes, però la tercera edició en va incloure trenta de nous, i la quarta vint-i-dos més, a més de cartes i algun conte. La dedicació a allò que Màrius Torres considerava una vocació absurda, la de "poeta líric", es va afermar durant els seus anys de reclusió a Puigdolena, i això fa, com nota Pere Gimferrer, que la seva producció sigui "singular i excèntrica, tant dins el marc català coetani com dins el marc de les literatures europees del seu moment". Els seus models principals cal buscar-los en la gran poesia simbolista, amb Baudelaire al capdavant, malgrat haver-hi, també, la influència de Carles Riba. Als seus poemes, dominats per la seguretat i la maduresa malgrat la seva joventut, hi prevalen dos temes: el de la música o el de l'art en general, tan car als simbolistes, i el del món natural (cicle de les estacions, flors, jardí...), que potencien una meditació sobre la realitat profunda de la vida humana. Una meditació que neix sovint del record, amarat de sentiment, i que té com a centre la mort.

C.A.

NOTA SOBRE L'EDICIÓ

Les principals edicions dels llibres inclosos en el present volum són:

L'irradiador del port i les gavines, de Salvat-Papasseit, fou publicat per primera vegada l'any 1921 (Barcelona: s. ed.). Darrerament ha aparegut dins el volum *Poesies,* a cura de Joaquim Molas (Barcelona: Clàssics Catalans Ariel, 1978), on hi ha referència de totes les edicions d'aquesta obra.

Imitació del foc, de Rosselló-Pòrcel, s'editã l'any 1938 (Barcelona: Edicions de la Residència d'Estudiants). Posteriorment es publicà dins l'*Obra poètica* (Palma: Ed. R.O.D.A., 1949, la qual, a partir d'una nova edició (Palma: Ed. Moll, 1975), ha tingut diverses reimpressions.

La selecció de *Trenta poemes,* de Màrius Torres, ha estat feta sobre l'edició de les *Poesies,* pròleg de Pere Gimferrer (Barcelona: Clàssics Catalans Ariel, 1977), on hi ha referència de totes les edicions anteriors, la primera de les quals fou a cura de Joan Sales (Coyoacán: "Quaderns d'Exili", 1947).

Joan Salvat-Papasseit

L'IRRADIADOR DEL PORT I LES GAVINES

(Poemes d'avantguarda)

lligat amb els avantg.

A Joaquim Sunyer

S'estimen a les roques
els irradiadors
amb les gavines boges.

- descansen a les roques
- criden
- van al port.

CANTO LA LLUITA

Cavaller d'un corser
qual crinera és de flames
só jo l'incendiari de mots d'adolescent
Blasmo els déus a ple vol:
l'arraulit bestiari
tem el fuet del meu cant!
I he maridat la lluna...
(Però no dormo amb Ella si el filisteu governa els meus
domenys)

ELS TRES REIS DE L'ORIENT

A Elias Badiella

Mai no he sabut sencera la més bella cançó:
una pluja d'estrelles
Només l'estrella rua que
en sortir cau
al mar
un vaixell se l'emporta
amarrada a la proa
i serveix de fanal
a uns corsaris d'avui si l'ocasió fa el lladre

i un anglès qui era al Caire
just arribat a temps
per a que li merquessin
i l'estrella es fongués
enyorada
en el piltre de la seva butxaca

M'entorno al divagar:

Tres soldadets dels reis —baioneta calada
i cadascú en el ros un gallaret taronja,
qui diria que als tres els tinc d'ahir vesprada
tancats en el rebost per fer-los vida flonja.

L'ABSURD → joc enfocat amb el misteri de la vida.

Poema reflexiu

El dau d'ivori
virolet de la sort i la malastrugança
i la poma al caliu que esbufega / quan més jugues més
com més corre el ventall / ganes tens.

Els ulls miren els ulls
i la paraula és morta:
el pigat de les xifres parlarà

Et situa
(Damunt la taula el vas
i la pàl·lida imatge de l'absenta) beguda francesa

i el meu company i jo
de suara perjurats a jugar-nos la vida amb el misteri:
TOTS 2 AL MATEIX NÚMERO DEL DAU / CLOENDA en majúscula.

Porten les seves idees fins al final.
No hi ha interelacció, però sí una relació
amb el títol: JOC, atzar, MISTERI.
Tot això és un pretext

PASSIONAL AL METRO
(Reflex n.º 1)

jove, esclau d'un emperador
és tira al riu per cambiar de vida.

A Joaquim Borralleras

Antínoüs   donzell príap perdut
i una rosa als llavis que el guia en la nit

Mireu si brillen els seus ulls
que Penèlope es deixa de la roba
i s'esllangueix de rostre com una cera verge

Antínoüs és en la fosca   i una rosa als llavis
que li vol fer vilesa
                    d'enamorar Penèlope dona del Ulises
                    l'esquerpa

Antínoüs s'ha menjada
                    lentament

UNA ROSA → signe de l'amor.

— justament en passant sota la serp del Sena direcció Saint-Lazare

París, 1 de març de 1920

Fosca la ciutat, l'escenari, l'ambient en un metro
Admiració per la màquina
Vida quotidiana.

LA FEMME AUX ORANGES

(Reflex n.º 2)

La cançó del metro, que es mulla el ventre al Sena, a la vella Cité, traspua tots els sostres i diu:

— Avui só perfumat
per una grassa impresa.
Porto un braçalet blau,
un altre de vermell
i les anques més nues.

Les sandàlies polides amb brillants.

I així la meva amada
ve assetjada a desdir:
per això és que baixa a Rennes
es deixa la cotilla a Saint-Michel
i s'ajeu al meu bany de purpurina.

Banyera del NORD-SUD!

Finava la cançó quan la femme aux oranges, direcció Château d'Eau, s'ha descobert la brusa i ha ensenyat els mugrons

que eren com una llàntia de cremell.

París, 12 de març de 1920

ENCARA EL TRAM

A D. Carles

Noia del tram, tens l'esguard en el llibre,
i el full s'irisa
en veure's cobejat.
I el cobrador s'intriga si giraràs el full:
sols per veure't els ulls!

Que les cames se't veuen
i la mitja és ben fina;
i tot el tram ets tu.
Però els ulls no se't veuen.

I la teva mà és clara
que fa rosa el teu cos de tafetà vermell,
i el teu mocadoret ha tornat de bugada.
Però els ulls no els sabem!

I si jo ara baixés? —Mai no et sabria els ulls...
Té, ara, ja he baixat!

ENCARA EL PORT

A Vicente Risco

Els gallarets en el vent de les veles.
Oh, l'avió que les compta i les plega
en fer-se fosc;
si el seu vol s'ha menjat l'alè dels gallarets
—ahir els cobricels de les estrelles
glasses
avui lasses que són
de la gràcia mofeta del llum groc i el llum verd—
senyoria del Port al capvespre vermell;
si la lluna no es veu;
si la barca no es queixa,
ran de l'angle més negre
i la cançó més blanca,
italiana:

¿Qui somou la coberta i fa dolç l'acordió,
oh, amo del barco blau? —Un refrec de colors
dels darrers gallarets...

ESGARIP

A Tomàs Garcés

Dia 13. Dimarts.
El sol és post i dansa el rat-penat.
Si la lluna ha sortit amb una rojor estranya,
a dalt dels campanars
                    les òlibes fan feina.
I la vella més vella del poble, la novena
d'un ungüent malefici.

Llampega i s'ou un tro en el cel ple d'estrelles:
que en aquesta hora esquerpa algú donava mal.

Les aranyes no dormen si la núvia escombrava
enllà de mitjanit.
I la núvia ha escombrat.

El gat ros ha baixat a la masia en runes.
— I ha tornat, però, cec:
CAR S'HAVIA EMPASSADES DUES CUQUES
                                        DE LLUM.

VIBRACIONS

El gra sagnós de magrana
al teu llavi.
Oh, el mossec de la meva besada!

Dolça recança:
l'ànima del Poeta
al teu ventall.

Quin vent que fa,
quina pluja més fina!
— El tram llampega.

Acota el cap endins la porxada de verd,
als tarongers florits, la promesa-donzella:
una alosa destria la blancor
dins el verd.

Dins de la nit
alegria en la casa.
Tot és la por.

Cada mot de l'esposa, una rosa
tota balba de flames:
la sardana-cinyell de l'esposa.

La pluja rosega el vidre
glaçat...
Quantes molles s'hi deixa!

Aquesta flor,
del teu pit al meu llavi,
flor en el llibre.

¿Què són fets els estels-oronells
despenjats cada dia?
En els ulls de les verges, estels.

Volves de zèfir
sonorants ones verdes:
la Primavera.

Lluna vigila l'estrella
→ ell → ella, la noia

A aquella estrella nua tan a prop de la lluna
li servo un gran amor
car volia escapar-se
i la vigilen molt.

Ara el cel és tot blau dins el matí. Natura
Només un petit núvol blanc —molt blanc: Sensual.
una verge s'ha deixat el coixí. Noia pura, verge.

Paralelisme { donzella - natura
núvols

→ Pèl fosca
Bru mariner d'amor → Cada port un amor
de peu dret a la proa: Desitg carnal
quina noia no el vol! Noia no tant pura

Mocadoret al coll, Enamorament.
vermellet, de les festes.
Les sagetes al cor. → Cúpit.
fletges

● FORMA: Poema formats per 14 estrofes amb 3 versos cada una i el 4 i el 12 hi ha una segmentació del vers.
Poema mínimament ordenat. Independència de les estrofes. V. 4
Varació en els versos: llargs i curts → 5
RIMA: Són versos polimètrics, hi ha una constant 4, 6, 12.
Rima irregular. Certa assonància en alguns versos.
Puntuació força, cosa extranya. És acurat. Punt, punts suspensius, admiració... → (Això és irònic)

Poema ràpid a passar de les 14 estrofes.

MARXA NUPCIAL

Llum de l'**IRRADIADOR** camaleònic damunt
l'estrella del Circ encara hexagonal

Exit!   Exit!!   Exit!!!

CLOWNS equilàters   líders romàntics
Això és sa   i en les constel·lacions de quatre barrets
cònics

La terra només gira perquè jo sóc aquí i jo sóc un
PALLASSO qui agonitza

Margot amb el **MALLOT** i els cabells pintats
rojos sembla un ciri que cremi
Només crema per mi:
Davant dels cent centaures que fan faixa a la Pista
DAURADA D'EMOCIÓ

Margot ara m'esguarda fit a fit   i en caient del
Trapezi he llegit un anunci a la pantalla:

Escopiu a la closca
pelada
dels cretins

Aquest home que diu:
—La música de Circ és tan definitiva com no la va conèixer
Richard Wagner   tanmateix un pompier!

La sombra dels comparses en el sol de les taules
Moure's   i projectar-se   no existir:
La **VIDA** al Dinamisme

5 Jo protesto que això degeneri també
— Perquè ara el "domador" vol fer jocs malabars
i els cavalls amb les potes

plàstic: sembla que parli pel megàfon

Més m'estimo l'

i en CHARLOT que s'han tornat bessons per
tal d'entrar en sèrio a la glòria del cel

(car ells són ignorants de que venim d'ahir
d'abans d'ahir de l'altre abans d'ahir
i més d'abans encara)

6 L'Esfera del rellotge a les **DOTZE** fecunda les hores
que vindran que són:

una dues tres quatre
cinc sis set vuit
nou deu onze

i després el

Rellotje.

Per diferenciar-lo de la resta

— i així seré immortal perquè d'aquí ha nascut el meu
JO dins el **TOT**

Apuntes

Poema ple de simbolisme

POSTA

Del vaixell de les veles de zèfir
l'irradiador de proa
ha xuclada la sang del sol
morent al mar.

Rovell d'ou destriat en galledes de fusta.

Sitges s'aquieta en verd
i en blau
i en blanc
I la terra s'emporpra en la costa granada.

Del vaixell de les veles de zèfir ara arriba una veu:
— Mariner mariner
si pren vol la gavina
allunya't del rocam
que el vaixell de les veles de zèfir
bell corsari
se'n va.

Carregat a coberta del reflex de la lluna.

EPIGRAMA

A Josep A. Font i Cases

Un perfum de colors ha invadit a Margot
S'ha vestida de pressa:
Perquè hom no sabés de sa sina l'olor
s'ha posada una flor
damunt la roba fresca

- És crítica social.
- Enyor pel calor familiar
- Poc humanisme de la gent en una festa religiosa

NADAL

No hi ha puntuació ortogràfica.

A Emili Badiella

Sento el fred de la nit
                                        i la simbomba fosca (quotidià)
Així el grup d'homes joves que ara passa cantant.
Sento el carro dels apis
                                        que l'empedrat recolza
i els altres qui l'avencen tots d'adreça al mercat – costumista

Els de casa (costumista) a la cuina
                                        prop del braser que crema
amb el gas tot encès han enllestit el gall → típic de Nadal
Ara esguardo la lluna que m'apar lluna plena
i ells recullen les plomes 6
                                        i ja enyoren demà – l'enyor pel demà.

Demà posats a taula oblidarem els pobres 12
—i tan pobres com som—
                                        Jesús ja serà nat
Ens mirarà un moment a l'hora de les postres
i després de mirar-nos   arrencarà a plorar ; conclusió 12

Rima: asonant.

Admira la figura de Jesús, ho veu en el sentit que és un heroi, el seu sacrifici. Els avantguardistes debien ser uns herois.
Evoca, enalteix la nit de Nadal, però hi ha un paral·lelisme, damunt la festa, alegria... Jesús plorarà perquè hi haurà molta gent que no ho podrà fer (és pobre), es desespera la poca caritat de la gent.
És una festa familiar i ell es troba sol a l'hospital.
Fa palès la desesperació en veure la taula dels pobres: la poca caritat.
Tot és descriptiu i al final ens dona la conclusió.

DIUMENGE

Avui volen tan altes
                    les gavines del Port,
que planegen només:
el pal més jove i prim
del "Maria Angeleta"
                    sota la bola d'or,
ou el dring transparent de llurs ales quietes

De cara al sol
            cent veles;
i el banderol vermell que rumbeja el seu frec.

El vaporet passeja els bells somnis atlàntics,
        ran dels molls en la calma:

L'home de les taronges passa el carretó ple.

INICI EPITALÀMIC-FILM

A Joan Arús

La boca a la boca i la parpella closa
El finestró també
I aquella sina d'Ella
                com de vellut de seda
I l'omelic amant amb l'omelic fragant
        I aquell plorar primer
                        sota l'ombra del sostre

FEU-VOS COIXINS BEN FLONJOS
PER LA LLUNA DE MEL

VESPREJA I NEVA

Les estrelles xerraires són fetes a tallets
i despreses del cel
                              una a una
                                        disperses
besen les parets fosques i s'estenen a terra
sempre ran de les portes
per guarir-se del fred

El meu carrer és estret
sense cap arc voltaic
                              bola de neu encesa
i les velles rondinen tots els canvis de temps
El mateix l'adroguer:
— Quanta fècula es perd!

Darrera dels meus vidres sento els Reis que s'acosten

Ara el cel s'enrogia
                              de venjança i d'amor:
pensava en les sabates que embrutaran l'alfombra

Tema: L'infantesa → Mitificació i anyorança.
a través desitg i record
Paralelisme entre abans quan era un infant i portava pantalons curts amb ara que cambia els juguets per una noia i porta pantalons llargs → Soc adult. Té anyorança.

PANTALONS LLARGS

A J. M. López-Picó

Soroll alegre
→ So metàlic: soroll de l'infantesa.

Infantesa → Món infantil

Campaneta daurada del meu carret de fira, A
cavallet de cartró de mig pam, tot pintat; B
havem caminat tant pels camins sense ira A
que ara ens cal reposar i agrair nostre fat. B

Ja no tornaré més fent osque! osque! corrent 13
a carregar amb palets el teu quadrant de fusta.
Campaneta daurada, tu em sabies content.

Món adult

Ara em mena la gent i tothora tinc justa:
conduir → s'identifica amb el protagonista.
i sóc infant encara, i no puc fer-ne esment.

Record → Cavallet de cartró, tu em sabies la joia:
si ara jugués a córrer, què diria la gent...
Trobaran molt millor que estimi alguna noia

→ Encara es sent adult, però no pot dir res.

Rimes internes a vegades.

quan hi ha cesura rima la de dins i la de baix

tant si és bella com no —cavallet tot pintat,
campaneta daurada— i que us deixi al terrat.

Versos llargs. Dona tó solemne. És utilitzat per la poesia narrativa.

—Rima: consonant.
Cloenda: utilitza diversos procediments per distingir-la del resta del poema.

Condicionaments socials. Quan arrivas a ser adult tens que deixà algunes coses, encara que no vulguis, la societat t'ho imposa.
Cavall i campana sap que ell està alegre, la gent no ho sap.

• FORMA
Rima: és estructurada. Escrupolosament pentinat i rimat. És estudiada. El vers és llarg que dona tó solemne, vol dir que el tema és important. Hi han diminutius.
Parla d'ell i de la societat.
Formes infinitives. Vocabulari

TOT L'ENYOR DE DEMÀ

A Marià Manent

Ara que estic al llit
malalt,
estic força content.
— Demà m'aixecaré potser,
i heus aquí el que m'espera:

Unes places lluentes de claror,
i unes tanques amb flors
sota el sol,
sota la lluna al vespre;
i la noia que porta la llet,
que té un capet lleuger
i duu un davantalet
amb unes vores fetes de puntes de coixí,
i una rialla fresca.

I encara aquell vailet que cridarà el diari,
i qui puja als tramvies
i els baixa
tot corrent.

I el carter
que si passa i no em deixa cap lletra m'angoixa
perquè no sé el secret
de les altres que porta.

I també l'aeroplà
que em fa aixecar el cap
el mateix que em cridés una veu d'un terrat.

I les dones del barri
matineres
qui travessen de pressa en direcció al mercat
amb sengles cistells grocs,
i retornen
que sobreïxen les cols,
i a vegades la carn,
i d'un altre cireres vermelles.

I després l'adroguer,
que treu la torradora del cafè
i comença a rodar la maneta,
i qui crida les noies
i els hi diu: —Ja ho té tot?
I les noies somriuen
amb un somriure clar,
que és el baume que surt de l'esfera que ell volta.

I tota la quitxalla del veïnat
qui mourà tanta fressa perquè serà dijous
i no anirà a l'escola.

I els cavalls assenyats
i els carreters dormits
sota la vela en punxa
que dansa en el seguit de les roderes.

I el vi que de tants dies no he begut.

I el pa,
posat a taula.
I l'escudella rossa,
fumejant.

I vosaltres amics,
perquè em vindreu a veure
i ens mirarem feliços.

Tot això bé m'espera
si m'aixeco
demà.
Si no em puc aixecar
mai més,
heus aquí el que m'espera:

— Vosaltres restareu,
per veure el bo que és tot:
i la Vida
i la Mort.

cloenda

Vida bona i la Mort també.

- Característica important: Mitificació de la realitat a través dels records i els desitg
Nostalgia, idealització.

DE DALT DE TOT DEL CEL

A l'Adolf Fargnoli

De dalt de tot del cel
els poblets en la nit semblen brasers encesos
I perquè entra la vetlla brillen més els estels

s'acosten a la terra i s'escalfen les mans
i el cos
        i els peus
I li ofrenen la Óssa com un penell de flors:

Entremig la rosada
els dematins les cullen els pastors

RES NO ÉS MESQUÍ

A Josep Obiols

Res no és mesquí
ni cap hora és isarda,
ni és fosca la ventura de la nit.
I la rosada és clara
que el sol surt i s'ullprèn
i té delit del bany:
que s'emmiralla el llit de tota cosa feta.

Res no és mesquí,
i tot ric com el vi i la galta colrada.
I l'onada del mar sempre riu,
Primavera d'hivern — Primavera d'istiu.
I tot és Primavera:
i tota fulla verda eternament.

Res no és mesquí,
perquè els dies no passen;
i no arriba la mort ni si l'heu demanada.
I si l'heu demanada us dissimula un clot
perquè per tornar a néixer necessiteu morir.
I no som mai un plor
sinó un somriure fi
que es dispersa com grills de taronja.

Res no és mesquí
perquè la cançó canta en cada bri de cosa.
— Avui demà i ahir
s'esfullarà una rosa:
i a la verge més jove li vindrà llet al pit.

LES FORMIGUES

X

A Josep Lleonart

Equivalència: fonètica i semàntica.

Són polimètrics

camí de sol - 4

per les rutes amigues - 6

unes formigues 4

Rima

Intenta posseir la realitat a través dels
→ records i del desig, per això ho idealitza
To de resignació intimista.

AQUELL VELL MARINER

Aquell vell mariner,
ell que sí, que se'n féu quan era jove
i d'un vaixell que anava a cacera d'estels

Quan li diuen encara —car no és mort—
quants estels ha copsat,
ell que sí que respon:
— No us en diria un mot.—
Però us senyala enlaire
i us diu que un dels estels és el seu propi cor
que tots els tripulants i caçadors d'estels
tenen la fi mateixa:
I ell en dir-vos això
enllumena son rostre de claror
i veieu els estels dansar a la seva vora

DÓNA'M LA MÀ

Dóna'm la mà que anirem per la riba
ben a la vora del mar
                              bategant,
tindrem la mida de totes les coses
només en dir-nos que ens seguim amant.

Les barques llunyes i les de la sorra
prendran un aire fidel i discret,
no ens miraran;
                              miraran noves rutes
amb l'esguard lent del copsador distret.

Dóna'm la mà i arrecera la galta
sobre el meu pit, i no temis ningú.
I les palmeres ens donaran ombra.
I les gavines sota el sol que lluu

ens portaran la salabror que amara,
a l'amor, tota cosa prop del mar:
i jo, aleshores, besaré ta galta;
i la besada ens durà el joc d'amar.

Dóna'm la mà que anirem per la riba
ben a la vora del mar
                              bategant,
tindrem la mida de totes les coses
només en dir-nos que ens seguim amant.

POEMA SENSE ACABAR

A S. Miquel-Laporta

Quin doll d'aigua a la font
ara que és vespre,
i la lluna s'afanya a pujar la carena!
I ronda el ca fidel a la serena
perquè al seu amo capriciós i destre
plau-li besar l'amada sota la lluna al vol
en el porxo del barri de la masia quieta
adormida pels grills,
missenyors de la cleda i dels pins.

Quin doll d'aigua a la font
ara que és vespre,
i el vent també és a jóc.
I els romanins només, desperts, escolten,
perquè demà al matí puguin parlar d'amors
amb les farigoles fins l'hora de la sesta,
que és quan reposa el pou,
i canten les cigales esguardant la ginesta,
i ells agafen el son.

Quin doll d'aigua a la font
ara que és vespre,
i la lluna ha assolit les cimes cobejades,
i l'estrella primera
lluerna dels camins
és perduda entremig les immenses miríades
i als confins de la terra
tots els enamorats es besen i s'estrenyen,
de l'una a l'altra serra.

Quin doll d'aigua a la font
ara que tot és nou perquè la lluna és plena.

DAMUNT MON VAIXELL X

Damunt mon vaixell 5
l'arc de Sant Martí 5
com un gran cinyell. 5
Totes les sirenes 5
engronxant-se en ell. 5

Aquest i les formigues, i Vibracions tenen metres més curts. Tetrasil·lab, i el pentasil·labs (5) b(3).

Bartomeu Rosselló-Pòrcel

IMITACIÓ DEL FOC

A Salvador Espriu.

I

FIRA ENCESA

CANÇÓ DESPRÉS DE LA PLUJA

El vent juga amb el molí
i amb la rosa desclosa.
        Matinet matí,
no ballis amb la calitja.

A l'escarabat bum bum
        les ales li frisen.
Les flors de la perera
        riuen i riuen.

Una mica de cel blau,
        una mica mica.
El núvol empeny el núvol
        i llisca que llisca.

Qui puja la muntanya?
El caragol que treu banya.
El sol s'encén i s'apaga,
albó, romaní, argelaga.
El sol s'apaga i s'encén,
farigola, romeguer.

        El sol és aquí,
entre la rosa i el molí.
        Matinet matí,
les bruixes es pentinen.
        El sol és aquí.
Ai! Que es menja la calitja!

Mallorca, 1935.

HISTÒRIA DEL SOLDAT

A Ramon Nadal, artiller.

Això era i no era
quan naixia la Primavera.
Ai-do, ai-do,
trompeta de Borbó.

La tarda del dissabte
m'enamoro a la plaça.
La nit del diumenge
a la cantonada.
El dilluns, a la fira.
El dimarts, a l'hostal!...
Febres de maig
duren tot l'any!

Quan toquen bota-selles,
el diumenge de matí,
totes volen anar amb mi.
Ai, Amor, jo no partiria!
Tàtara, tarara ri,
amor, he de partir.

Avui ja no és avui.
Ahir no era ahir...
El cul del meu cavall
només veureu de mi,
ai els marits!

Camins d'Igualada,
camins de Fraga,
les esperances!

Per l'Ascensió,
cortines al balcó.
Ai-do, ai-do,
trompeta de Borbó.

Mallorca, 1935.

NOÇA

A Eduard Valentí.

Petits tambors toquen, toquen
damunt la pell de l'ase.
Entre les taules polides,
cortesies de la randa.

Deu ciris cremen davant
Nostra Dona de la Grada.

Conjura l'alcova l'aire
feixuc de les abraçades.

El rellotge parla, viva
màquina de mort, fantasma.

— Aixecaràs la cortina,
la duràs a l'altra cambra,
i et traurà sang per la boca
a la primera besada.

El nuvi cau desmaiat,
més blanc que la porcellana.

Barcelona, agost 1937

FESTA

"Remando vâo remadores."

GIL VICENTE

La pastora crida:
— Barques d'alegria!

Als horts, als jardins,
a les branques de les palmes,
a la cursa dels rius,
barques d'alegria!

Núvols i trompes davallen.
Els àngels hi ballaran.

Sobre la rosa més alta,
barques d'alegria.

Barcelona, maig 1935

L'AMANT ENGANYAT

"This is the key of the kingdom."
Cançó anglesa.

Des del balcó de la torre,
cantonades amb banderes.

— Minyones, és mitja nit
i la cambra és buida.

— Vés-te'n, que ja surt el sol
i veu l'aguait de les mans.

— Adéu, llençols, pomerars,
aufabegueres!

Claus mentideres anaven
al llac, als aires brunzents.

Barcelona, maig 1935

DANSA DE LA MORT

"Ma lievemente al fondo."
Inf., 31

Esclaves del jorn passaven
sobre les estàtues blanques.

Cambres de l'oest, amors,
drames i vaixells.

— Jove estranger, la penyora
de la faula.

— Només em serà turment
el record de les fulles.
Servent que portes l'espasa:
no et sabia tan lleuger!

Barcelona, abril 1935

PONT DEL VESPRE

'Les feux rouges des ponts...''
APOLLINAIRE

La nit és alta i s'abraça
amb mi —tots sols pels carrers.
Els fanals de les placetes
ens encalcen.

Les cases cremades, negres,
i, abans dels bordells, amb bruses
de vent de juny, aventura:
Na Clara i Na Bàrbara.

Dins les entrades, bandits
amb por de mi, que no surten.

El sol damunt les teulades
balla
amb una mossa d'estampa.

Madrid, gener 1936

"INDECISA, RARA, NOVA..."

"Tant de rèves en l'air."

ELUARD

Indecisa, rara, nova,
ara comença la rosa.

— Dama lleugera, ofrenada
    sou al rei.

Entre focs i violins
    d'artifici,
les llums, triomfals i fortes.

— Com sabré que la promesa
és aquesta dama tímida?

Contra el matí que la volta
no troba l'aire, no gosa,
    la rosa.

Madrid, gener 1936

ORACIÓ PER QUAN LES DONZELLES TENEN MAL DE CAP

En nom de santa Maria
vine'm aquí, filleta mia.

Que s'apagui la cuca de llum
i que s'aturi el fum fum fum.
Que la mèl·lera enamorada
        aturi la vola volada
i que el bou amb la mira mirada
faci llaurar tota sola l'arada.
Que s'aturin les aigües del riu
i que no es bellugui l'argent viu.
Dimonió, atura el teu ball
i les quatre potes del cavall.
No peguis més cops amb el martellet,
        fusteret.
Els Apòstols estan amb mi,
        coloma blanca.
Que fugi el mal de cap d'aquí
i tots els mals esperits,
        coloma blava.
En nom de santa Maria,
tota la nit i tot el dia,
viva la Verge Maria!

Barcelona, abril 1935

NU

Una immòbil bellesa alaba
l'àgil fatiga resplendent
de l'assalt d'un profús argent
que, només presagi, ja acaba,
quan un poder avar, mirall
d'una llum passada i futura
i present, cisellada, atura
ales de prodigi i estrall
i allibera la carn trement
de les presons del pensament.

Madrid, març 1936

AIRE D'UNA MALALTIA

El llit i l'esfera clouen
rostres i muntanyes, fins
la por tancada, confins
de ciri i fred que no es mouen,
suspesos en blanc, en blau
i signes de capçalera,
ancla d'aguarda i espera
sòlida en l'hora que cau,
bruixa magnífica, mare
que pot dur-te a port, encara.

Barcelona, desembre 1934

ILLA DELS AMANTS

Crit de flama, clam de vent,
en la finestra poruga,
de ben de matí, quan sent
el tremolor de la fuga
d'albes, vol, música, rima
tàcita d'estrèpits, llum,
ira de l'oratge, prima,
joc i cursa que es consum...
Illa dels Amants: somrís
d'aus incertes, paradís.

Barcelona, 1934

A UNA DAMA QUE ES PENTINAVA DARRERA UNA REIXA EN TEMPS DE VICENÇ GARCIA

Amor, senyor de l'ampla monarquia
que publica el clavell i el foc proclama
en l'ardor de la galta i en la flama
de l'exaltació que l'aire cria,

els cabells de finíssima atzabeja
en el combat de vori que pentina
perú de lliris i de llunes mina,
ornament de les neus, dels ors enveja,

treu de la reixa, i que la saborosa
feina del bes, batalla graciosa
del córrer d'unes cames despullades,

deixi les verdes herbes alterades.
Oh desmai en les tiges onejants
de marbres, ceres, roses bategants!

Barcelona, maig 1935

TURQUIA

Una llunyana veu em crida
a jardins, palaus de silenci,
entre laberints de capvespre
i remotes músiques tristes.
Per les catifes setinades,
vàrem sentir cantar unes dones
i ens fugàrem entre les armes
—or i blau i vellut vermellíssim.
Entre el cel i les fulles, les fulles
deliraven de llum i peresa.
Cap a l'arc de les roses intactes,
marbres i pèrgoles i ones.
La veu de N'Aina presonera,
nua, per brolladors i estàtues.
I pels tapissos de les cambres,
adolescents secrets i núvols:
— Un marbre dolç, sebastià de lliri,
rosa festejadíssima i covarda,
lladre de llum agònica, martiri
i engany de la fugida de la tarda.

Madrid, maig 1936

L'ESTIU PLE DE SEDES

Clavell i gerani
velluten la porpra
de les roses. Besen
un migdia jove.

L'estiu ple de sedes
corona la pompa
de l'espai. Esclata
sal i bronze, roca.

Sumptuós, l'oratge
l'esquinça, l'isola...
I dins el jardí,
el mata d'aroma.

Flaires blaves, branques
roses, malves, cauen.
Torna el carro. Porta
raïms i magranes.

I la nit et toca,
humida i amarga,
mort, amb herbes, rius,
a les cames nues.

Barcelona, febrer 1937

PLUJA BRODADA

Balla damunt la terra
i s'afina, la fina
esgarrifada. Brilla,
renovellada, neta.

Irisa el gris. Rebota
miralls d'ella mateixa,
perdurable de vidre,
despòtica de pedra.

Xarxes lleus, febres primes
l'agafen, l'extenuen,
agonitzant de corbes,
embriaga de puntes.

I ella perfila curts
laberints de fretura,
brins d'aigua, rams de vent,
fugacitats d'agulla.

Barcelona, febrer 1937

COMPLIMENT A MERCEDES

Els clavells s'incendien,
per imitar-te, quan
tu passes per davant.

I, per felicitar-te,
les pluges ploren, fan
damunt els vidres, vidre,
damunt el vidre, cant.

El carrer de Montcada,
el dia del teu sant,
t'abraci, vell, gaļant.

Per brodar-te la gràcia
no trobo diamant.

Barcelona, 23 setembre 1937

SÓLLER

A Robert F. Massanet

El cel prepara secrets
murmuris de mandarina.
I les riberes del vent
esgarrien taronjades.

Jo tasto vergers. M'ajec
damunt valls encoixinades.
Les fulles alcen frescor
i aixequen ventalls de gràcia,
cortinatges de perfum,
cortesies tremolades.
L'oratge pinta perfils
de caramel dins l'oratge.
El cabell se m'ha esbullat
i tinc l'ombra capgirada.
El sucre de l'aire em fa
pessigolles a la cara,
amb confitures de flor
i xarops d'esgarrifança.

Unes cuixes de marquesa
em repasen l'espinada.
Quan el setí es torna gel,
sembla que es faci de flama.
El vicari compareix
amb un vas de llet glaçada.
La suor de les aixelles
li travessa la sotana.

Barcelona, novembre 1937

II

ROSA SECRETA

FRAGMENT AL CAMP

I

Joia de les fulles altes
dels pins que saben els cimals
i les arrels que veuen
el caminar secret de les fonts cap al dia.

Vibra el nus de l'alzina,
el nus més ferm on viu la seva vida.
Fustes rares de l'ànima
amagada i pregona de la saba.

En la ira del matí, com s'il·lumina
al meu entorn la primavera nova!
Tot el furor dels arbres que m'assalten
i les flors dins els ulls
i l'ocell que entre un vel de boira em crida
—convit suau, rosada—: Dia, dia!

Ja vinc! Ja vinc! Però entre l'ombra viva
he perdut les petjades robustes, Primavera,
i la greu soledat que em duia a tu.

Però encara el senyal de l'ocell sobre mi
em diu que et trobaré adormida i blanca
en els pinars del sol —nua, donzella.

II

Obelisc de la mort, ara s'atura
la vastitud dels somnis cap a tu!
Alè del vent, enlaira
les campanes i el cant de les barques!
Fes-ne sageta cap a mi, que escolto
com bateguen les terres i les aigües!

Ja en sóc senyor i miro
la força del tronc que s'exalta
cap a l'ocell que passa, i creix
amb la mateixa llibertat de l'ala.

Terra tremolosa de mi,
com la vela del vent, com les ones
dels rems que baten llur turment,
els meus braços són amples damunt tu
i tornen a sembrar el meu cos.

Santander, agost 1934

CASTELL DE BELLVER

A Mercè Montañola.

Endevino la llum i la tonada
del cel i el bosc que novament retrobo.
Clemència de les pedres i les fulles!
El meu nom estranger torna a ésser vostre,
en un càntic recent de nova gràcia!
Viva malenconia de paraules
en l'esveltesa blanca de les ales
de cels vibrants i solituds perdudes
sobre la llunyania de les ones!
Pedres del bosc, murmuri de les fulles,
només els ulls altra vegada saben
els silencis antics entre nosaltres.
És oblidat el somni que us perdia
—confidència dispersa en lluminàries—
cendra als carrers i els lliris no florien,
la finestra a una pluja mig sotmesa.
La plana estèril lluny de mi moria.
Migdia impur afalagà la plana.
El sol desig em torna al temps ingenu
d'abans d'aquest silenci i d'aquest somni.

Barcelona, maig 1934.

"NOMÉS UN ARBRE, A LA VORERA, PORTA..."

A Amàlia Tineo.

Només un arbre, a la vorera, porta
el tremolor del mar, i el frec de fulles
retorna el benefici de les ones.
Les roques mortes en arenes mortes
viuen només uns brins d'herba poruga.
Mar foll de gris i verd i força d'aire:
trenca cristalls sobre la costa blana!
Aprèn l'ombra llunyana, blava i blanca,
dels núvols plens de vent i pròdigs d'ales.
Només en mi pots créixer més i estendre
més pura sal, més amagada pedra,
i encara retrobar-te en camins foscos
per balenes remotes i algues velles.
Però jo m'he perdut en les planúries
que han oblidat la dansa, el crit de l'aigua
entre alzines i roures, entre llunes
sense rius, sense pous, sense ones altes.

La Magdalena, agost 1934

AUCA

A Gafim.

Retorno a les festes llunyanes,
quan la muralla de ponent
plena d'estàtues blanques sobre el mar
incendia la Catedral amb palmeres polsoses
i pedres dins el xarol, diumenge de la Portella,
la primera vegada, cosins, amb marineres blaves.
Mira com es tanquen els vidres i dins la cambra la tarda,
la tarda es clou, la tarda damunt d'un llit d'agost, pots mirar-ho
des de qualsevol magraner;
sorprèn els racons del jardí i sabràs el secret de les vànoves,
dels *sillons* amb roba de llengos antiga, de les columnes entorci-
[llades!
vés al jardí, al costat de la marededeueta,
del safareig cansat de bressar les mateixes fulles,
hi ha les finestres que tenen el record del suïcida
i del boig que el va veure penjat i perdia la boca rient-se'n
amb els ulls tacats amb ombres com botons,
com els botons grocs de les margarides de la feixina,
a la Riera, més avall del Pont de Sant Pere,
on la Muralla no té canons sobre la Plana.
Jo n'hi he posats i enfonsaré els vaixells del Port.
Els peixos es mengen el Jaume I davant la Farola.
El Pare Vidal, endolat, s'ho mira des de la Riba.
El Pare Vidal Taüt crida els cuirassats anglesos.
Jaume I, t'ho dic, torna a sortir vestit de blanc,
i jo et faré portar sobre una tauleta d'eben
a la sala de rebre de can Robert Massanet,
i passaràs per l'entrada amb capitells jònics i pluja,
—una casa de senyors, una casa bona, amb criades;
estaràs dins una botella verda de vi de Binissalem,
Rei Jaume amb un matalàs d'arena!
El rei En Jaume I amb un llençol de pols grisa
entra per la Llotja! Boters, atureu els martells,
canteu la cançó de Carmen Flores al Líric.
Ara passa el Jaume I pel carrer de la Mar.
Quadreu-vos,
carrabiners, saludeu el Capità amb la pistola!
Capità, a la glorieta dispara sobre la multitud,
com si fossis el Polvorí que va esclatar amb el tro més gran de
[la terra

(no n'han sentit mai de més fort ni aquí ni fora Mallorca;
totes les vinyes s'aturaren i el vent es cenyia a les soques,
els pits de les noies fremien llur defensa blana,
i el Seminari masturba si Virgili les solituds
torna la lira renglera de canyes, xiulets i bellveures,
cossiols de clavells al terrat i l'estampa més grassa).
Darrera la persiana sé el moment del cos al mirall
i espio el munt de la roba vora la flassada blanca.
Vaixell, trenca els arcs, els quioscs, les lleones.
El passeig està fart de mirades
i encara no ha après el peu ni la cuixa sota la falda.
Si vas a la Rambla, vaixell, trenca el verd de les Caputxines.
Llança el teu fum sobre la mòmia de sor Tomasa.
— Sor Tomasa, que balla amb el cardenal Despuig vestit de
[diable—.

Sor Tomaseta, el vaixell vol tirar-vos dins un pou;
arri, cavallet, camina, vola per la carretera,
menja la coca de mel dins la maneta de l'àngel.
Portes la santa que sap com repiquen les campanes.
La nit es posa a vetllar dins els ullets de ma mare.
Ma mare, fadrina, canta al carrer de l'Om i broda.
Tambor, tamboret, tambor, broda, broda per la noça,
la noça demà passat, només amb una galera,
i tots a peu i després els tarongerars de Sóller.
Aquí pots nedar, vaixell: el brollador t'acarona.
És un braç inacabable a la teva quilla negra.

Rellotge, calla i no diguis que l'infant s'acosta.
Serà espasa i trencarà totes les cadenes;
les grises rengleres d'arbres li ensenyaran arts de bruixes;
el seu cap serà penjat a la Porta Pintada
i el guardaran a la nit, perquè no parli.

Barcelona, febrer 1935

"OH PERESA DE L'AIRE..."

Oh peresa de l'aire, com es bada
la mel, la seda i el vellut diàfan
dels núvols que s'arboren i s'agafen
a la roda del cel il·luminada!

La cambra de les ombres s'endomassa
amb aquella claror i aquella flaire
desfeta en l'alenada lleu de l'aire
aturat en el núvol gris que passa.

Tots els batecs del vent són en desmai,
absents d'aquesta terra meva, morta,
i només jo sento fremir l'espai,

remotíssim, d'una ala que s'emporta
—flames del cel al cel, tumult, esglai—
a l'alta solitud la veu més forta.

Palma, 1935

A MALLORCA, DURANT LA GUERRA CIVIL

Verdegen encara aquells camps
i duren aquelles arbredes
i damunt del mateix atzur
es retallen les meves muntanyes.
Allí les pedres invoquen sempre
la pluja difícil, la pluja blava
que ve de tu, cadena clara,
serra, plaer, claror meva!
Sóc avar de la llum que em resta dins els ulls
i que em fa tremolar quan et recordo!
Ara els jardins hi són com músiques
i em torben, em fatiguen com en un tedi lent.
El cor de la tardor ja s'hi marceix,
concertat amb fumeres delicades.
I les herbes es cremen a turons
de cacera, entre somnis de setembre
i boires entintades de capvespre.

Tota la meva vida es lliga a tu,
com en la nit les flames a la fosca.

Barcelona, setembre 1937

III

ARBRE DE FLAMES

TRAGEDIA SPETTACOLOSA

I

L'ombra dels arbres sobre l'herba és teva
i el vi dins els cristalls encesos, blancs,
fill de noces terribles entre el sol i la terra.
El dia morirà si tu dius el secret,
el secret de la sang, el despòtic secret
que et nua a cada solc i a cada núvol.
Infant que saps paraules revelades:
presideix el suplici de la tarda!
Desvetlla't en el vent de cada fulla,
com una flama perseguida d'aires.
Deslligaràs les feres i les brases,
palau del foc i palau de la carn.

Carenes i serrals cremen altíssims.
Proclamen el martiri de la tarda.
Ball de vents, progrés de la primavera,
bressa l'infant i encén magranes, prunes.

II

Les banderes, les proes dels grans vaixells de l'aigua
trenquen fogueres de rosers incendiats.
Cabelleres de l'aire, cabelleres de l'aire
dins els boscos, dins els jardins il·luminats.

Trompetes militars de l'incendi retrunyen,
embriagues de l'avançada de la nit.
Tropes de l'aigua vénen secretament i vetllen
l'alba lassa i amarga dels despertars marins.

Barcelona, juny 1935

EL CAPTIU

I

Llum, jovenesa de l'aire,
em trobes en camins alts i salvatges.
Àngel, baixa del cel amb el glavi a la mà,
amb el crit esmolat que minva gravideses.
No sóc el caçador que s'ha perdut
entre sols incipients, entre torres caigudes.
Ara cantes deliris en el darrer graó,
sota les roques que estan sota les roques,
a l'indret insegur
on cau el silenci de les cendres
i les fulles il·luminen els vents
i els cavalls fan sonar una pols remotíssima.
No em salvaran els vermells secrets, enfervorits.

— Per mi t'atansaràs
al riu encès que passa,
a la llum que defineix les coses
que han estat donades als noms,
quan cada llunyania pren
angoixes de veritat.

Volaràs sobre la vorera incendiada,
albatros cobejat pels mariners, tan forts.
Presoner! Oblida la platja deserta! Viu
pressa de segles en instants
i estalonar-se de moments
avars de llur estridència.
El camí d'esculls finirà.
Arriba l'àgil eixutesa.
Només els meus ulls en els teus
i, en decantar-los, no veuràs res nou
(fúria falaguera de pesos,
desesperació dels vents).
— No facis senyes al vaixell que passa:
no té banderes per a contestar-te.
Que els teus braços s'elevin i l'exaltin,
nauxer d'aquesta lívida llacuna.

— Llum, jovenesa total,
en el silenci s'asseu

la lassitud més pàl·lida d'esforços
amb les mans plenes de castells.

II

— Jo sé la gran imatge
madura de sublim seguretat.
Jo sé quina libació
ens aclarirà les tenebres.
Només recordo la muntanya
i els pins i el vent
i la lluita dels homes
i el gran silenci de després,
vora la pau tranquil·la de la tarda.
Astres únics, patètica
unitat del torrent, i l'aigua clara.
Capvespre simple, tímid
de la força suprema de les coses.
I només jo, assegut damunt el cim,
intel·ligència als ulls damunt les coses.
El perill es saturava de mi
i la nit em pressentia.
Nit sense arbres, ni l'aire
sobre la tempestat del rostre.
Nit de l'Àngel, ciutat tancada
a l'exèrcit de barons valents.
Jo vaig pujar a la fortalesa
i les mans em tremolaren.
Sé quin és el despertar de després,
argila entre penyes,
aigua brava de l'ona i de la roca.
Alba sense àngels, sense ocells,
alba de cristalls i de veus,
forn apagat,
entre els murs del somni i la via
de la batalla tremolosa.
Jo sóc l'heroi d'aquesta veritat
i em redreçava, increat, pur,
per cantar el meu himne:

— He vist la vostra ofrena, he fruït del vostre do
sobre la sang dels homes i les coses.
Cilici de la mort
entre la pau de valls desconegudes.
He lluitat amb tota la nit

adelerada de silencis.
Entre geometria de fàbriques,
l'alba.
Tortura de vidres i crits,
parany de la matinada.
Sepulcre de braços i febres
sense l'instint de llibertat!
Canto l'absència de la llibertat!
Presons de l'aire! Governo
el furor incert de l'aire!

Barcelona, gener-febrer 1934

RONDA AMB FANTASMES

A E. Nicol.

Les filles del silenci present i vigilant
em porten sempre a la perversa llunyania,
saben el meu espant, el meu instant d'espant,
d'isolament, malenconia i agonia.

Oh ciutat dels terrors! Entre les avingudes
estèrils —arbres lívids de la tardor!— viuré
l'hora impura de les aspres angúnies mudes,
amb la por de morir tot sol en el carrer.

Terror entre les sales buides, quan veig el llit
amb el mort, viu entre els llençols, i serenades
a la plaça, i remor de ganivets, enfora,

més terrible per tantes coses endevinades
durant la fuga, per les fosques, allà on plora
l'esquelet mossegat pels gossos de la nit.

Palma, estiu 1935

ARDENT HIMNE

Aquestes són les hores de sols velocíssims,
i ara cavalquen uns homes de llargues cabelleres,
per damunt les escales del vent, cavalls de somni.

S'eleven a fogueres abrivades,
mouen el fum vermell i la tenebra roja
i empenyen els reflexos de l'incendi.
Arriben a les nits que bateguen de foc,
corren per diamants cremats, arena, cendra.
Per les ones roents del paradís,
volen damunt les flames afuades.

Homes alats de llargues cabelleres combaten
amb l'espasa del vent i de la llum.

"ESCOLTO LA SECRETA..."

Escolto la secreta
harmonia de l'aire
i l'ardor que tremola
d'unes grans aigües lliures.

Ales i dansa! Déus
que ara passen i canten
altes músiques! Llum
dels ulls sagrats i verges!

Estic sol en aquestes
ombres i sento caure
ones de sang, enmig
d'una alba trista i aspra.

Barcelona, setembre 1936

EN LA MEVA MORT

Estic cansat de tu, domini fosc
i tempestat de flama.
M'exaltaré damunt els horitzons
i trauré les banderes al desert
de la darrera cavalcada.
Reina d'aquestes hores, ara véns
tota brillant, armada.
Inútil desesper del vespre! L'alba
s'acosta ja amb l'espasa,
i l'ardor temerari que m'encén
allunya les estrelles.

Madrid, març 1936

Màrius Torres

TRENTA POEMES

"DOLÇ ÀNGEL DE LA MORT..."

Dolç àngel de la Mort, si has de venir, més val
que vinguis ara.
Ara no temo gens el teu bes glacial,
i hi ha una veu que em crida en la tenebra clara
de més enllà del gual.

Dels sofriments passats tinc l'ànima madura
per ben morir.
Tot allò que he estimat únicament perdura
en el meu cor, com una despulla de l'ahir,
freda, de tan pura.

Del llim d'aquesta terra amarada de plors
el meu anhel es desarrela.
Morir deu ésser bell, com lliscar sense esforç
en una nau sense timó, ni rems, ni vela,
ni llast de records!

I tot el meu futur està sembrat de sal!
Tinc peresa de viure demà encara...
Més que el dolor sofert, el dolor que es prepara,
el dolor que m'espera em fa mal...

I gairebé donaria, per morir ara
—morir per sempre—, una ànima immortal.

Setembre de 1936

FEBRER

Els núvols són més blancs, el cel més pur.
Ara és temps de morir, que la vida es reforça.
El món, altra vegada despert davant l'atzur,
pressent càlidament que ha de tenir un futur
—sempre el somni que precedeix la força!—

Les branques d'ametller senten, sota l'escorça,
un moviment suau i obscur.

El trèvol ja verdeja a la ribera.
Ara és temps de morir, que la mort no és enlloc.
Tremola cada cosa de no saber què espera.
La neu assolellada llisca per la gelera.
Els torrents se'n nodreixen poc a poc.

Tot és tebi i frisós com davançant el foc
de la pròxima primavera.

Daurats migdies dels minvants d'hivern!
Ara és temps de morir, que la vida comença.
Com un foc invisible, meravellós, intern,
sota la terra nua batega el crit etern
de la larva, l'arrel i la semença.

Així els antics, en gerres de rústega faiença,
guardaven el vi de Falern.

Febrer de 1937

LORELEI

"But our love it was stronger by far than the love of those who were older than we—of many far wiser than we."

POE

I

Arrelada en la carn i en els somnis. Tan clara,
que tu sola tenies uns límits en l'impur
aiguabarreig dels meus deliris, foc obscur
de sarments olorosos, fumejant com una ara

dins meu!

II

Deia la Nit: — ¿No sents la meva pau?
Vine, ja deslliurat del desig que t'irrita,
al paradís dels somnis on el meu cor t'invita.
Amaga't entre els plecs del meu sudari blau.—

I deia el Mar: — ¿No sents el meu cos com s'exalta,
més profund en la joia sonora del combat?
Inquiet en la fosca, vivament agitat
igual que un llit d'amor...

— Negre mar, nit més alta:

ja no vull ésser fort ni vull ésser feliç!
O somni, ¿què m'importa la febre amb què m'enganyes
si a l'ombra tremolosa de les seves pestanyes
trobo la rosa pàl·lida i amarga d'un somrís?

III

Com una lira ronca, per la pluja de plata
feien càlids arpegis les llargues mans del vent.
¿Què salvava les roses al jardí? Mortament,
les branques s'agitaven, dolorosa sonata

sobre els vidres glaçats i rígids de foscor.
La nit era tot música. Les finestres obertes

ens duien, de les amples avingudes desertes,
aquella olor de terra del vent de la tardor,

sobre la teva veu, pàl·lida, tenebrosa,
com, d'un foc d'agonies, un riu de vida fosa...
Mories poc a poc, i et tornaves, cantant,
una ombra que tenia la forma del teu cant.

1937-1938

CANÇÓ A MAHALTA

Com la boirina que s'aclofa
quan ve la nit,
o com la rima d'una estrofa
sense sentit;

com una cinta de coqueta
en un mirall,
o com el vol d'una oreneta
sobre la vall;

com una mica de musica
quan ve la son,
o com la molsa que a la pica
cria la font;

així t'escau la melangia
tan dolçament,
que per rendir-me no et caldria
més ornament.

Setembre de 1937

CANÇÓ A MAHALTA

Com dos infants que van per un bosc de rondalla,
agafades les mans i els cors,
seguim el caminet que entre jardins davalla
cap al país dels teus records.

Anem a una ciutat pintada en gris i en rosa,
poblada de rostres amics,
on un somni vençut, però immortal, reposa
sota nobles porxos antics.

On la Felicitat i la Malenconia
volen de cor a cor ensems,
i sembla que la pau humil de cada dia
dugui la pàtina del temps.

On, en interiors de secreta elegància,
fermenta el perfum de les flors,
i guarden els divans, amb lloable constància,
la jove empremta del teu cos.

On, al cor de la nit, quan el silenci es glaça,
vibra l'ànima dels retrats,
i pels llargs corredors cruix dolçament la passa
dels morts encara no oblidats.

On tot és net, i riu la mar a les finestres,
i el sol és alt i molt segur.
On les platges, cenyides d'assutzenes silvestres,
són clares i esquerpes com tu.

Allí una barca antiga, que un vell patró governa,
rellisca, mansa, mar endins,
i et porta, sempre infant, cap a la pàtria eterna
de les sirenes i els dofins.

— I clous els ulls. ¿Retrobes, en la mar de l'ensomni,
la barca que et torna a buscar?
Ah, no em deixis en terra! Fes-me lloc al teu somni,
Mahalta! Sóc el teu germà!—

Setembre de 1937

EL COMBAT DELS POETES

"¿Què esperes, esperit distès igual que un arc?"
JOAN SALES, *Amarint*

Poetes, com l'arquer que es dreça d'entre els morts
i, tibant el seu arc, encara espera vèncer,
en el combat obscur per la nostra remença
tibem els nostres arcs amb un suprem esforç.

Sagitaris damnats, la nostra ànima tensa
dobleguem. És la corda dolorosa que es torç
i paga, sota els dits implacables i forts,
el vol de les sagetes amb la seva sofrença.

Com més dur serà el braç i més potent el puny,
els àgils projectils arribaran més lluny
i serà més daurat el vi de la victòria.

I del nostre esperit, distès igual que un arc,
els versos volaran amb un impuls tan llarg
que es perdran en el cel inútil de la glòria.

7 d'abril de 1937

"M'HE DESPERTAT TOT SOL..."

M'he despertat tot sol en un antic jardí
que no sé si és la meva presó o el meu imperi.
Canta pertot l'alè dels arbres, i el misteri
d'un esperit que em crida, però no és per mi.

Camino poc a poc, amb temença, com si
un àngel no del tot m'acabés de voler-hi.
El meu cor s'exhaureix en el silenci aeri.
La llum és una fronda sobre cada camí.

Adam devia anar pel món, el primer dia,
com jo vaig, sorprenent la verda melodia
de cada veu de l'aire, del gest de cada branc;

per abraçar la llum esbatanant els braços,
el cos encara moll de rosada i de fang,
deixant estela d'ànima darrera dels seus passos.

Desembre de 1937

AL PRESENT

Tal com un Déu es dreça davant l'Eternitat
i la mesura tota amb el seny i amb els braços,
jo em dreço davant teu, o Present!, despullat
de somnis massa vells i de records ja lassos.

El passat se'm desfà. M'enlluerna el futur.
Cal un petit espai a la meva poquesa.
¿Un moment que flueix, gota d'un riu obscur,
podrà ser, solament, la meva eterna presa?

Alguna nit molt íntima, i distès amb esforç,
m'he dit, en l'interval dels somnis i els records:
— L'eternitat és sols un present que s'eixampla.—

Potser l'arrel divina que és soterrada en mi,
¿és sols aquest afany, tan difícil de dir,
de viure en un present una mica més ample?

Gener de 1938

"LA GALERNA I EL LLAMP..."

La galerna i el llamp, el torb i la tempesta,
sobre l'ample terrer l'han combatut a ras.
— La flor de l'esperança, minúscula i tenaç,
color dels nostres somnis, únicament hi resta!—

Entre les runes, sobre els fogars extingits,
enlaira el seu perfum, secret com la pregària;
i pella poc a poc, viva mà solitària,
els quatre rastres dels cavallers maleïts...

Car tan profundament la seva arrel s'allarga
que floriria encara si aquesta terra amarga
un dia fos coberta d'una crosta de sal.

Però l'alè de Déu novament hi circula!
I, granant en silenci les espigues del mal,
ella traurà forment del jull i la cugula.

11 de març de 1938

UN ALTRE ABRIL

Com una aigua secreta —que, ben lluny dels camins,
a cap gest de Narcís no farà de sepulcre—,
inútil als conreus, als llavis, als jardins,
oposant a la llum que ella no porta a dins
la fredor d'una làmina silenciosa i pulcra,

és la meva tristesa... Ample mirall fidel
per on el món rellisca amb menys de pes que una ombra
entre jo i aquest altre gran mirall paral·lel
del cel, on es destrien, cadascun un anhel,
els núvols, els ocells —les ànimes sens nombre!—

Com una aigua secreta canvia el seu color
amb el reflex que l'aura dóna a l'instant que passa:
blava, els matins d'hivern, de glaç en fusió;
groga i plena de somnis els vespres de tardor,
i els migdies d'estiu enlluernada i lassa;

ara, a la primavera, quan l'univers és blau,
hi ha una llum igual al paisatge i en ella.
Les llunyanies d'or saben secrets de pau,
i el capaltard arriba amb un bleix tan suau
que fóra cada llàgrima la imatge d'una estrella

en una aigua secreta. Un torb, però, només,
faria buida i orba la seva pregonesa
tèrbola, sota cels terribles i propers...

Abril que fas florir les roses i els llorers,
dóna dies ben clars a la meva tristesa!

Abril de 1938

UNS ULLS EN UN RETAULE

M'agenollo en el fons de la meva paraula,
infinit de silenci d'uns ulls coberts de pols!
Ulls oberts entre l'or i el rosa d'un retaule,
¿qui, abans que jo, ha tingut aquest somni tan dolç?

Mestre desconegut, ¿veieres i inventares
amb un art infantil i simple de temor,
els ulls, els ulls mateixos de les ànimes clares
que parlen als meus somnis d'un univers d'amor?

Bell àngel sense nom, aquesta llum tranquil·la
que més enllà del verm que et menjà la pupil·la
traspua, com un càntic, del fons del teu esguard,

si el món anés a escola serviria d'exemple
a la lenta ironia dels cels de capaltard,
al perfum de l'encens quan ha caigut el temple.

16 de juny de 1938

PARAULES DE LA MORT

Tu, jove moribund que ara m'has dit Amarga,
amargs són els teus llavis per comprendre el meu gust!
Si em trobessis al fons d'una vida més llarga,
quan em diries Dolça també fóres injust.

El meu sabor és fet de milions de vides
que ha apagat el meu bes, obscur en la fredor:
astres, ànimes, déus. I ara que ets tu que em crides,
seré un instant amarga de la teva amargor...

Gran ocell de silenci, indiferent i muda
germana de la Nit, sobre la carn vençuda
el meu vol és profund i pàl·lid, però breu.

Calmo, amb dits de repòs, la seva última alarma;
però, més que l'angúnia, m'allunya d'aturar-me
la llum d'alba de l'àngel que ve darrera meu.

14 d'agost de 1938

POTSER UN ALTRE INFINIT

"Qu'est-ce qu'un homme dans l'infini?"

PASCAL

Tremolosa mesura de dolor, vida obscura
dels homes, ¿què ets, doncs, als ulls de l'infinit?
— Potser una flama pàl·lida que s'acreix i perdura
d'oblidar la misèria que li fa d'esperit.

— Potser un altre infinit d'ambició més pura,
que guarda tantes llàgrimes com estrelles la nit.—
Si només el miracle de ser una criatura,
Senyor, no em duu als teus peus, joiós i enfervorit,
l'invencible infinit que al meu ésser s'atansa
acoloreixi en el meu cor de confiança
l'amarga meravella de viure i de sofrir.

— Si cap, en una gota d'aigua límpida i blava,
el vertigen de llum dels espais sense fi
on Tu comences, on la meva ànima acaba!

17 d'octubre de 1938

ENTRE L'HERBA I ELS NÚVOLS

(Selecció)

EL DIA

Que vives semblen
entre l'herba i els núvols
les ombres fràgils!
El vent les esbarria;
la boira les apaga.

A la finestra
de la meva enyorança
els miosotis
es marceixen de veure
sempre el mateix paisatge.

LA MORT

Fulles del trèmol,
qui tingués com vosaltres
en la ribera
un viure tan sensible,
una mort tan secreta.

Com els somriures
sobre un mirall hermètic,
la Primavera
llisca sobre les tombes,
però no pot entrar-hi.

"ARA QUE EM TORNA EL FOC DE VIURE..."

Ara que em torna el foc de viure,
avar, com d'un ocult tresor,
el capvespre sembla somriure
com l'ànima d'algú que mor.

Quina llum tan freda i tan alta!
Quin silenci les ombres fan!
¿Tu saps la paraula que els falta,
cor meu, que balbuceges tant?

4 de desembre de 1938

L'ÀNGEL DEL VESPRE

"Thou, fair-haired Angel of the Evening..."

BLAKE

Pàl·lid àngel del vespre, que duus, en la penombra,
als teus cabells els últims raigs de sol,
i encens, sobre la llum que mor, estels sens nombre,
alta estela de glòria del teu vol;

ara que reflecteix l'aigua mig adormida
la tenebrosa alçària dels teus ulls,
com una absència d'ànima s'estén la nostra vida
en la cansada pau on ens aculls.

Ara que inflama els núvols la resplendor que exhales,
els núvols, estrangers com el meu cor,
com enveja la càlida llum de les teves ales
tot el que viu, i pesa més quan mor!

Tot el que viu, mortal, i en un sol dia gasta
l'alegria d'una alba virginal.
Àngel silenciós, amb la teva ombra casta
torna'ns a la puresa matinal.

Esventa, amb la tenebra vibrant com una espasa,
la cendra d'aquest jorn que fou tan breu.
Fes, un instant només, pura com una brasa
la minúscula mort que creix dins meu.

30 de desembre de 1938

LA CIUTAT LLUNYANA

Ara que el braç potent de les fúries aterra
la ciutat d'ideals que volíem bastir,
entre runes de somnis colgats, més prop de terra,
Pàtria, guarda'ns: — la terra no sabrà mai mentir.

Entre tants crits estranys, que la teva veu pura
ens parli. Ja no ens queda quasi cap més consol
que creure i esperar la nova arquitectura
amb què braços més lliures puguin ratllar el teu sòl.

Qui pogués oblidar la ciutat que s'enfonsa!
Més llunyana, més lliure, una altra n'hi ha, potser,
que ens envia, per sobre d'aquest temps presoner,

batecs d'aire i de fe. La d'una veu de bronze
que de torres altíssimes s'allarga pels camins,
i eleva el cor, i escalfa els peus dels pelegrins.

1939

"¿PER QUÈ ÉS TRISTA LA FONT QUE S'HA ESTRONCAT...?"

"¿Por qué é triste la fonte que secou?
¿E o sol quando anoitece?"

TEIXEIRA DE PASCOAES

¿Per què és trista la font que s'ha estroncat
i el sol quan va a la posta?
¿És que més que el futur, Déu meu, em costa
rendir-te el meu passat?

Si et sacrifico l'ímpetu de la meva esperança
si el meu timó sols navega al teu vent,
¿per què l'ala més lleu d'una recança,
folla igualment,

voldria sempre dur la meva nau enrera,
cap al país perdut
on són joves les fonts i el sol tot just nascut?
¿Què val el que m'espera?
No sóc avar sinó del que he viscut.

Però l'oblit esborra la llum de cada dia.

Si en l'ànima més feta al teu servei
el teixit més subtil d'orgull i melangia
encara és rebel·lia
contra la teva llei,

¿per què has fet, o diví Pare de la ironia,
tan bells els sentiments humans?
¿Tan dolça la tristor, tan rara l'alegria
que mor abans?

¿Per què els poses tan dins de l'ànima que ens costa
creure en el seu pecat?
¿Per què és bella la font que s'ha estroncat
i el sol quan va a la posta?

18 de juliol de 1939

ARBOR MORTIS

"Al punt que hom naix comença de morir
e morint creix, e creixent mor tot dia."

PERE MARCH

Déu, al primer batec de cada cor que neix,
sembra dues llavors en una sola argila:
la vida rencorosa que cada instant s'esfila,
la mort silenciosa que cada instant s'acreix.

En l'estança més closa de la nostra existència,
allà on només habiten l'esperança o l'horror,
viu l'Arbre de la Mort; i creix, interior,
de tot el que es marceix en la nostra vivència.

Quan ve, tumultuós, el gran vent del destí,
el seu brancatge, nu com un esquelet, vibra.
Arbre, en la primavera que tu trauràs de mi,

estreny, amb les arrels, el meu cos fibra a fibra.
Faran les teves fulles una ombra de repòs,
i un aspre perfum d'ànima vindrà a les teves flors.

3 de gener de 1939

EL TEMPLE DE LA MORT

Com un poble d'ocells, fills de la llum eterna,
des dels pòrtics del temple d'un déu abandonat,
o cos meu, la meva ànima, sedent de claredat,
guaita enfora, a l'espai on la vida governa,

no pas dins teu, al trist recinte humit i gras
on regna, entre la fosca que glaça les palpebres,
la Mort, la immunda Mort, oferta en els altars
a un culte corromput de runes i tenebres.

La Mort —tots els camins que arriben fins a Déu
passen sota els teus arcs, o portal de misteri—.
Ah, qui pogués morir sense agonia, lleu,
cara a la sola llum, a l'esplendor aeri,

alegre, lliure, net com el vol d'un ocell,
travessant l'arc més alt a frec de capitell!

25 de març de 1939

"SÉ QUE HAURÉ D'OBLIDAR..."

Sé que hauré d'oblidar, per poder-te comprendre,
les paraules que he après amb la carn d'aquest món,
o Déu silenciós, que de música i cendra
ordenes un llenguatge darrera del meu front.

I és sols a mi mateix que em sembla cega i vana
com una àguila viva dintre d'un pou colgat,
aquesta opaca, estèril, borda paraula humana.
Tu tal volta comprens el jou que ens has donat.

Fràgil arpegi, acord de la teva arpa immensa!
Menysprear-la, potser seria més que un crim.
Però jo vull fugir d'aquests mots on morim,

i somniar la llengua d'una major naixença
on sigui cada síl·laba com el batec d'un cor
fent ritme en el torrent d'una sang que no mor.

20 de maig de 1939

LA MORT, EN UN MATÍ D'ABRIL

La Mort passava en un matí d'abril. Tan alta
sobre un món desvetllat amb tots els noms florits,
que els núvols s'esfullaven, arran la seva galta,
i als cims nevava la carícia dels seus dits.

Però un fresc perfum de llorer s'elevava
com una veu del món a l'implacable pas.
—Altiva segadora, que per beure'n la saba
segues el camp més fèrtil amb una falç de glaç,

¿de què et val afollar les espigues sens nombre
si et cau una llavor de cada brot que culls?
Quan has passat, el món rebrosta a la teva ombra,
i orenetes vivents s'escapen dels teus ulls!

Orgullosa, ¿no saps que sota el teu caprici
la veu dels moribunds és molt més que un sanglot?
Una vida s'encén a cada sacrifici.
Potser ni tu mateixa no pots morir del tot.

Desembre de 1938 — 5 de juliol de 1939

"AIXÍ UN NÚVOL ES FON..."

Així un núvol es fon i deixa el cel més blau.
Així una fulla pensa que es fa lliure quan cau,
i s'apaga aquest vespre tan lent i tan segur,
sobre els camps, pels camins on ja no va ningú.
Així en la fosca es perd el pas d'un vagabund...
Déu meu, ja estic a punt.
Ja vençut, però encara sota el meu estandard
—més tard, potser seria massa tard.

Març de 1940

TARDA I VESPRE

A la Mercè

"...we are such a stuff
as dreams are made on. And our little life
is rounded by a sleep..."

SHAKESPEARE, *The Tempest*

I

Un capaltard d'octubre, silenciós i clar,
jo vaig lluny, sol, potser cantant, boscos enllà.
L'aire, ardent com un vi, perfumat de resina,
m'infon una alegria serena i cristal·lina.
Caminar, voluptat de caminar...

En un retomb, enlluernat de tanta altura,
descobreixo, ondulant en la llum, la planura,
vasta i humana terra retallada als meus peus,
d'estepes, de camins, de poblets, de conreus...
L'home coneix la seva envergadura

cara a cara amb la glòria dels amples horitzons.
Davant la plana immensa, que té una boira al fons,
com la que vela els llunyedars de la memòria,
la meva ascensió pren un gust de victòria,
s'expandeixen els meus batecs pregons,

i en el sol que tramunta una flàmula em crida
a pujar més enlaire, fiat en l'embranzida
de l'esperit tan vertiginosament tens!
El silenci es deposa com un fluid massa dens;
l'ombra neix als fondals, amorosida;

però dins meu s'eleva un ardor de matí
ple de força, d'orgull, de futur, de destí.
Ah, calma de l'espai, majestuosa i viva!
Si jo pogués estrènyer't com una amant captiva!
Em sento fet per un amor així.

II

Cambra, atmosfera tèbia on l'ànima s'enfonsa
com una fulla en un aire serè!
Sobre una seda groga de túnica de bonze,
un llum rosa dibuixa dues tasses de te
i un llac de violetes en un vell plat de bronze.

El repòs i el silenci, plens de beatitud,
com exalten la música, que en l'ombra
desclou serenament la seva plenitud!
Jo sento al seu conjur, en processó sens nombre,
retornar de puntetes els dies que he viscut...

Íntima pau! ¿No és ara que, de dalt de la costa,
contemplo, com un sol emmelangit
a qui ja res del món no demana resposta,
l'ampla planura a punt de cobrir-se de nit?
Paisatge miniat per la claror de posta,

el meu passat és bell, vist des d'aquest instant!
Com si fos dalt d'un port ara la meva vida,
ja vénen en descens els dies que vindran...
Oh, música invisible, seguint la teva crida,
qui pogués sublimar-se al gresol del teu cant!

En tu, polifonia sumptuosa i severa,
on cada veu encarna un sentiment,
una ànima palpita, més que no jo vivent!
Ah, si pogués donar-te la meva vida entera,
per elevar-se, amb tu, silenciosament...

És fruit amarg el de la fantasia.
Hores tan somniades que ja em sembleu record,
jo tot, ànima i cos, us he de viure un dia,
abans que els meus sentits s'apaguin en la mort.

Novembre de 1941

GENER

O transparència dolorosa
d'aquest matí d'hivern!
La vasta calma lluminosa
sobre el silenci extern,

com la paraula d'un artista
malalt d'oci i record,
té la dolcesa, tèbia i trista
d'una elegia d'or.

Ara la terra és nua i bella.
La pau és l'últim vel
de cada línia que cisella
la claredat del cel.

La claredat, severa glòria
sobre el paisatge mort...
Així il·lumina la memòria
l'hivern del meu record.

Allí també, viva nuesa,
tot és daurat i blau,
i l'aire és clar, d'una tristesa
tèbia com una pau.

Quan en una ànima es despulla
cada branca d'ahir,
és nou dolor, novella fulla
en tanys que han de morir;

és per això, trèmula espina,
que la delícia em puny
de l'any serè que s'encamina
cap al tombant de juny,

quan, com endins d'una ferida
un bes amarg i obscur,
sento fluir en la meva vida
la saba del futur...

— O transparència dolorosa,
si, igual que tu, el meu cor
fos una calma lluminosa
sobre un silenci d'or!—

15 de febrer de 1942

"¿NO SENTS, COR MEU...?"

¿No sents, cor meu, la soledat de les estrelles
dins l'ordenació que ha constel·lat el cel?
En la nit de la terra, de fosca més rebel,
les ànimes estan ordenades com elles

amb el silenci, entorn, d'una altra immensitat;
i tota vida és camí de soledat.

És així, vida meva humil com una espurna,
que en ànimes germanes de constel·lació
fulgeix, lluny, en la fosca, el teu mateix dolor.
Però, tal com enlaire, en la volta nocturna,

cap astre no pot mai, brillant enfervorit,
tornar menys tenebrosa ni menys freda la nit,

cada ànima és aquí perdudament llunyana
com una estrella tremolant de soledat
en la nit sense espai, transparència ni edat
que engoleix la lluor de tota vida humana.

18 de juny de 1942

ANIVERSARI

Que en els meus anys la joia recomenci
sense esborrar cap cicatriu de l'esperit.
O pare de la nit, del mar i del silenci,
jo vull la pau —però no vull l'oblit.

Mas Blanc, 1 de setembre de 1942

TARDOR, 1942

Els cels més purs de l'any són els que fan
els capaltards de l'autumne.
Les roses són més nobles, enllaçant
un màrtir fust de columna.

Els arbres seculars fruiten amor:
palmes, oliveres, cedres.
El temps impregna del mateix sabor
les ànimes i les pedres.

— Si al nostre veire, avui, el vi té gust
de vinya bordenca i agra,
l'antic cristall guarda el perfum august
—Pàtria, el perfum que consagra.

Novembre de 1942

RETRAT D'UNA VELLA DAMA

Potser no semblaré galant
si dic que m'han sorprès amb un mateix encant
una consola i una dama.
Però un retrat és més auster que un epigrama,
i era un moble tan noble, presidint un saló
quiet, vivent, amb draperies
pàl·lides —d'una pal·lidesa d'altres dies—
on era, dins les cambres, tímida la claror!
Alta, sòbria de línies, tornejada, robusta,
ni una estella ni un corc al polit de la fusta;
només el gran mirall somreia un poc velat
i el fris era d'argent, que un dia fou daurat.

—¿Quins secrets deu guardar? —pensava jo—. Diria
que tanta calma, tanta elegància de port,
només poden encloure un món de melangia
que d'estar tan tancat semblés doblement mort.—

Domassos esvaïts, randes clares! Un dia,
no sé com, molt suau, el vell calaix s'obrí:
flors acabades de collir,
assutzenes, ceilànies, violetes, nadales
—i un vol de papallons plens de llum a les ales!

27 d'abril de 1941

*CANÇÓ**

"Nell'aer dolce che dal sol
s'allegra..."
Inferno, VII

Melangia, el teu somni canta
i una ombra a voltes l'emmudeix.
— Quan et vinc massa prop, m'espanta
el silenci, dins teu, que em reflecteix.

¿D'on ve la música que et trenca,
melangia, fràgil cristall,
al vespre, quan la son blavenca
ve, com la bruma al fons de cada vall?

— De la crida sense resposta
que fan els últims raigs del sol,
tan endalt que aquell que s'hi acosta,
cal que guanyi la nit en el seu vol.

18 de novembre de 1942

* Aquesta cançó fou l'últim poema que escriví Màrius Torres, mort el 29 de desembre d'aquell mateix any.

SUMARI

Joan Salvat-Papasseit
L'IRRADIADOR DEL PORT I LES GAVINES

Màrius Torres
TRENTA POEMES

LES MILLORS OBRES DE LA LITERATURA CATALANA

Les obres i els autors més importants de la literatura catalana, clàssica i moderna, posats a l'abast de tots els lectors d'avui.

1 JOAN MARAGALL, **Elogi de la paraula i altres assaigs.**
2 SALVADOR ESPRIU, **Antologia poètica.**
3 JAUME ROIG, **Espill o Llibre de les dones.**
4 PRUDENCI BERTRANA, **Jo! Memòries d'un metge filòsof.**
5 ENRIC PRAT DE LA RIBA, **La Nacionalitat Catalana.**
6 JACINT VERDAGUER, **L'Atlàntida.**
7 NARCÍS OLLER, **Contes.**
8 ANÒNIM, **Curial e Güelfa.**
9 PERE CALDERS, **Cròniques de la veritat oculta.**
10 CARLES RIBA, **Clàssics i moderns.**
11 JOSEP CARNER, **Poesies escollides.**
12 JOSEP POUS I PAGÈS, **La vida i la mort d'en Jordi Fraginals.**
13 **Sainets del segle XIX.**
14 AUSIAS MARCH, **Poesia.**
15 MIQUEL LLOR, **Laura a la ciutat dels sants.**
16 JOSEP M. DE SAGARRA, **Teatre.**
17 CARLES BOSCH DE LA TRINXERIA, **L'hereu Noradell.**
18 MERCÈ RODOREDA, **Tots els contes.**
19 RAMON MUNTANER, **Crònica I.**
20 RAMON MUNTANER, **Crònica II.**
21 GABRIEL FERRATER, **Les dones i el dies.**
22 VALENTÍ ALMIRALL, **Lo Catalanisme.**
23 **Antologia general de la poesia catalana,** per J. M. Castellet i Joaquim Molas.
24 JOAQUIM RUYRA, **Jacobé i altres narracions.**
25 SANTIAGO RUSIÑOL, **L'auca del senyor Esteve.**
26 ÀNGEL GUIMERÀ, **Teatre.**
27 VÍCTOR CATALÀ, **Solitud.**
28 POMPEU FABRA, **La llengua catalana i la seva normalització.**
29 FRANCESC TRABAL, **Vals.**
30 JOSEP PIN I SOLER, **La família dels Garrigas.**
31 J. V. FOIX, **Antologia poètica.**
32 RAMON TURRÓ, **Orígens del coneixement: la fam.**
33 JOSEP PLA, **Contraban i altres narracions.**
34 EUGENI D'ORS, **La ben plantada / Gualba, la de mil veus.**
35 JOSEP FERRATER MORA, **Les formes de la vida catalana.**
36 RAMON LLULL, **Llibre de meravelles.**
37 JOAN PUIG I FERRETER, **Teatre.**
38 MANUEL DE PEDROLO, **Totes les bèsties de càrrega.**
39 EMILI VILANOVA, **Lo primer amor i altres narracions.**
40 MARIA VAYREDA, **La punyalada.**
41 BERNAT METGE, **Lo somni.**
42 JOSEP YXART, **Entorn de la literatura catalana de la Restauració.**
43 LLORENÇ VILLALONGA, **Bearn o la Sala de les Nines.**
44 JOAQUIM TORRES-GARCIA, **Escrits sobre art.**
45 SEBASTIÀ JUAN ARBÓ, **Terres de l'Ebre.**
46 CARLES SOLDEVILA / MILLÀS-RAURELL, **Teatre.**
47 **Romancer català.** Text establert per M. Milà i Fontanals.
48 NARCÍS OLLER, **La febre d'or.** I. La pujada.
49 NARCÍS OLLER, **La febre d'or.** II. L'estimbada.
50 JOAN ROÍS DE CORELLA, **Tragèdia de Caldesa i altres proses.**

51 Salvador Espriu, **Ariadna al laberint grotesc.**
52 Jacint Verdaguer, **Canigó.**
53 Joan Fuster, **Indagacions i propostes.**
54 Martí Genís i Aguilar, **Julita.**
55 Joan Alcover. **Cap al tard / Poemes bíblics.**
56 Frederic Soler, **Teatre.**
57 Miquel S. Oliver, **L'Hostal de la Bolla / Flors del silenci.**
58 Josep M. de Sagarra, **Memòries, I.** Cendra i ànimes. La matinada.
59 Josep M. de Sagarra. **Memòries, II.** Entre Ariel i Caliban. Les fèrtils aventures. Dos anys a Madrid.
60 Prudenci Bertrana, **Contes.**
61 Guerau de Liost, **Antologia poètica.**
62 Josep Carner, **Les bonhomies i altres proses.**
63 Llorenç Villalonga, **Mort de dama.**
64 Santiago Rusiñol, **Teatre.**
65 Josep M. Folch i Torres, **Joan Endal.**
66 Josep Torras i Bages, **La tradició catalana.**
67 J. V. Foix, **Diari 1918.**
68 Gaziel, **Tots els camins duen a Roma.** Memòries I.
69 Gaziel. **Tots els camins duen a Roma.** Memòries II.
70 J. Carner, S. Espri, J. Brossa, **Teatre.**
71 Joan Maragall, **Antologia poètica.**
72 Josep Pla, **El geni del país i altres assaigs.**
73 **Novel·les amoroses i morals.**
74 Eugeni d'Ors, **Glosari.**
75 J. Salvat-Papasseit/B. Roselló-Porcel/M. Torres. **Poesia.**
76 Bernat Desclot, **Crònica.**
77 J. Mestres / I. Iglésias / A. Gual / J. Vallmitjana. **Teatre modernista.**
78 Joan Puig i Ferreter, **Camins de França I.**
79 Joan Puig i Ferreter, **Camins de França II.**
80 Antoni Rovira i Virgili, **Nacionalisme i federalisme.**
81 Carles Riba, **Antologia poètica.**
82 Ramon Llull, **Llibre d'Evast e Blanquerna.**
83 Víctor Català, **Drames rurals / Caires vius.**
84 Carles Soldevila, **Valentina.**
85 Raimon Casellas, **Narrativa.**
86 Jaume I, **Crònica o Llibre dels Feits.**
87 Miquel Costa i Llobera. **Horacianes i altres poemes.**
88 Joan Sales, **Incerta glòria, I.**
89 Joan Sales, **Incerta glòria, II.** Seguida d'**El vent de la nit.**
90 F. Fontanella / J. Ramis, **Teatre barroc i neoclàssic.**
91 G. de Próixita / A. Febrer / M. de Gualbes / J. de Sant Jordi, **Obra lírica.**
92 Mercè Rodoreda, **Mirall trencat.**
93 **Antologia de contes catalans, I,** per Joaquim Molas.
94 **Antologia de contes catalans, II,** per Joaquim Molas.
95 **Teatre medieval i del Renaixement.**
96 **Blandín de Cornualla i altres narracions en vers del segles XIV i XV.**
97 Pere Quart, **Poemes escollits.**
98 Francesc Eiximenis, **Lo Crestià** (selecció).
99 Joanot Martorell, **Tirant lo Blanc, I.**
100 Joanot Martorell, **Tirant lo Blanc, II.**